BRINCANDO EM ALTO-MAR

O animador sociocultural em navios de cruzeiro

Dados Internacionais de Catalogação na Publicação (CIP)
(Câmara Brasileira do Livro, SP, Brasil)

Moraes, José Carlos Ferreira de
  Brincando em alto mar : o animador sociocultural
em navios de cruzeiro / José Carlos Ferreira de
Moraes. -- 1. ed. -- São Paulo : Ícone, 2010.

  Bibliografia.
  ISBN 978-85-274-1078-6

  1. Animação cultural 2. Brincadeiras 3. Jogos
4. Lazer 5. Recreação 6. Turismo 7. Viagens
marítimas I. Título.

09-12656   CDD-790.1

Índices para catálogo sistemático:

  1. Animador sociocultural : Cruzeiros marítimos :
     Turismo : Viagens marítimas : Atividades de
     recreação e lazer   790.1

JOSÉ CARLOS FERREIRA DE MORAES

BRINCANDO EM ALTO-MAR

O animador sociocultural em navios de cruzeiro

1ª Edição
Brasil – 2010

© Copyright 2010.
Ícone Editora Ltda.

Projeto Gráfico de Capa e Diagramação
Richard Veiga

Revisão
Isaías Zilli
Rosa Maria Cury Cardoso

Proibida a reprodução total ou parcial desta obra,
de qualquer forma ou meio eletrônico, mecânico,
inclusive por meio de processos xerográficos,
sem permissão expressa do editor
(Lei nº 9.610/98).

Todos os direitos reservados pela
ÍCONE EDITORA LTDA.
Rua Anhanguera, 56/66 – Barra Funda
CEP 01135-000 – São Paulo – SP
Tel./Fax.: (11) 3392-7771
www.iconeeditora.com.br
e-mail: iconevendas@iconeeditora.com.br

ÍNDICE

INTRODUÇÃO, 7

FATORES INFLUENCIADORES NA ANIMAÇÃO
DE CRUZEIROS, 11
CULTURAL, 12
ESPAÇO LIMITADO, 13
MATERIAIS, 15
ANIMADOR, 16

ANIMADOR SOCIOCULTURAL, 19
HISTÓRICO DO ANIMADOR, 20
A PROFISSÃO DE ANIMAÇÃO, 22
O DIA A DIA DO ANIMADOR SOCIOCULTURAL A
BORDO, 26
ANIMADORES E ANIMADORES – ONDE ESTÁ O
BRASILEIRO?, 30

DIVISÕES DA RECREAÇÃO A BORDO, 35
ANIMAÇÃO DE ADULTOS, 37
ORGANIZAÇÃO DE ATIVIDADES, 41

PESQUISA DE CAMPO – ENTRETENIMENTO A BORDO, 43

TEMPORADA BRASIL 2008/2009, 43

ATIVIDADES, 49

DEMONSTRAÇÕES PRÁTICAS, 49

AULAS DE DANÇA DE SALÃO, 50

ART & CRAFT, 52

JOGOS ITINERANTES OU DE PASSAGEM, 52

JOGOS CULTURAIS, 54

JOGOS DE EQUIPES, 58

TORNEIOS ESPORTIVOS, 62

FESTAS TEMÁTICAS, 65

JOGOS DE SOCIEDADE, 67

JOGOS DE REPRESENTAÇÃO, 70

CONCLUSÕES, 75

O AUTOR, 77

BIBLIOGRAFIA, 79

INTRODUÇÃO

Este trabalho tem como objetivo informar aqueles que se interessam na área de recreação, educação e lazer sobre as diversas atividades que se podem realizar em um ambiente diferenciado e alternativo como um navio de cruzeiro e para aqueles que buscam novas experiências e tendências que podem encontrar neste ambiente rico e variado.

No seu conteúdo apresenta não somente a descrição de algumas atividades recreativas, que servirão para navios de cruzeiros e outros inúmeros ambientes onde a recreação pode ser aplicada, mas também um pouco da experiência adquirida nesses vários anos de trabalho que proporcionaram adaptar certas atividades para o tipo de público a que se destina e criar outras tantas a partir da necessidade e do conhecimento pedagógico que particularmente é essencial para qualquer área.

Com o acréscimo de alguns fundamentos pedagógicos de recreação, seus conceitos e métodos, e algum aprofundamento histórico cultural, esta obra apresenta uma nova área de atuação até então sem nenhum trabalho específico de formação de profissionais, informação específica e difusão de maiores estudos, porém crescente e de grande interesse no meio do Turismo e da Educação Física.

Muitas das atividades propostas aqui podem e devem ser adaptadas para cada tipo de público ao qual se destina. As *diferenças culturais, sociais e etárias* de cada grupo serão talvez os fatores que influenciarão no desenrolar da atividade e o seu sucesso.

De outro lado a *experiência, versatilidade* e *desenvoltura* do animador sociocultural, aquele que organiza e conduz a atividade, servirão para amenizar estas diferenças e até mesmo fazer com que elas não interfiram, resultando assim o seu sucesso.

Portanto, criatividade, paciência e muito boa sorte para todos!

O que leva um turista hoje em dia a fazer um cruzeiro marítimo de luxo?

Talvez esta seja uma pergunta complexa, difícil de ser compreendida e respondida em um primeiro momento. Muitos são aqueles que optam por uma nova forma de lazer e de viagem, outros por uma simples recomendação de amigos e parentes, e ainda outros curiosos em conhecer o que há de "interessante" em um navio. Não vou entrar no mérito das agências de viagem que conseguem vender no lugar dos paradisíacos resorts à beira-mar os práticos e facilitados – em dezenas de vezes – cruzeiros que crescem em número a cada ano e cada vez mais facilitam e diminuem os preços. Poderei dizer também que as facilidades encontradas a bordo dos navios de cruzeiros estão além daquelas oferecidas por muitos destes resorts, e isso faz com que atraia ainda mais aqueles que querem desfrutar de suas férias sem estar preocupado com malas, comida, festas e tudo mais. Até mesmo aqueles que querem descobrir novos lugares em uma única viagem sem estar trocando de hotel, avião, ônibus ou como seja. Mas poderei dizer que principalmente o que muito atrai tantos turistas a bordo dos navios seria o *glamour* e o fascínio, ainda que não tanto quanto em anos atrás, que os enormes navios de cruzeiro internacionais provocam. Vale lembrar que o mercado de cruzeiros marítimos é o que mais cresce no segmento de turismo no Brasil e no mundo hoje em dia. Como muitos pensam, um navio de cruzeiro em certo ponto se assemelha a vários hotéis, sendo até chamado de um "hotel flutuante"; porém quanto a sua programação cultural, social, esportiva, enfim, sua estrutura de **entretenimento** está muito distante daquela que se encontra nos hotéis, até mesmo aqueles de grande porte. Um navio hospedará, de uma única vez em um período igual de tempo uma grande quantidade de pessoas em um espaço limitado de ação, mas com uma infinidade de opções.

De princípio, ao entrar em um navio, o turista – agora chamado de hóspede/passageiro – tem a impressão de estar entrando não em um grande hotel, mas sim em um *shopping center* do outro lado do mundo. São centenas de pessoas que trabalham a bordo e que provêm de diversos países, falando entre si e também com quem está embarcado, vários passageiros que vão e vêm a toda hora, música nos enormes salões espaçosos e decorados, piscinas, restaurantes, salas de jogos e bares com gente de todo lado, mesas de jogos no cassino com muitas luzes e cores e que atraem a atenção dos mais inocentes e inexperientes jogadores de primeira viagem.

Enfim, um verdadeiro centro de lazer onde quem embarca esquece das obrigações do dia a dia e do estresse da vida na cidade, e onde os horários e os dias da semana já não têm espaço na memória, somente a descontração, despreocupação e a vontade sempre de relaxar, comer, beber, se divertir e brincar em alto-mar.

FATORES INFLUENCIADORES NA ANIMAÇÃO DE CRUZEIROS

Muitos são os fatores que poderão influenciar a escolha do passageiro para fazer um cruzeiro marítimo. Como foram citadas na introdução, as facilidades apresentadas para o pagamento, as facilidades de viagem, a variedade de serviços, o atrativo *glamour* dos navios hoje em dia, enfim, uma grande variedade de opções para realizar a sua escolha. Da mesma maneira há uma variedade de fatores que poderão influenciar no sucesso das atividades de entretenimento propostas durante um cruzeiro.

Desde o mau tempo em uma atividade externa, o balanço do navio que até para os mais experientes pode acabar com o seu dia, uma atividade mal explicada e orientada em algum momento de desatenção, até a falta de interesse e participação do público. Alguns destes serão apresentados agora, mas vale lembrar que o ponto importante para o sucesso ou não de uma atividade é determinado principalmente por quem participa, ou seja o passageiro.

CULTURAL

Durante todo esse tempo de trabalho e realizações de diversos projetos de recreação e lazer e inúmeras atividades em várias temporadas e lugares diferentes talvez o fator **cultural** seja o mais característico no que diz respeito às limitações do participante em integrar-se a uma atividade. O elemento mais marcante é o próprio estilo de sociedade a que cada um pertence. Países como Estados Unidos, França, Itália e Brasil possuem características bem diferentes no que diz respeito à sua organização de sociedade. A estrutura familiar, círculos de amizades, estrutura de trabalho, enfim, uma série de fatores faz com que se diferenciem por si sós e, no momento de uma atividade proposta em um ambiente fora de sua rotina diária, em um instante de lazer, apresentarão diferenças em sua aceitação.

A programação de lazer de cada um destes povos apresenta influências também de sua localização geográfica. Em países do Norte da Europa, onde o verão é reduzido a poucos meses e o inverno longo e rigoroso dificulta o acesso às áreas externas de lazer, suas atividades se concentram na maior parte do tempo em locais internos e fechados. Por outro lado, em lugares onde o verão é longo e constante como nos países tropicais e de temperaturas elevadas, as atividades serão mais concentradas em áreas externas e abertas. Outro ponto de diferenciação de lazer de algumas culturas pode ser observado nos próprios programas televisivos de entretenimento. Enquanto os americanos se divertem com os vários programas de entrevistas, *talk shows*, e programas humorísticos que refletem o dia a dia de famílias e amigos, os franceses não dispensam os sérios e concentrados jogos de perguntas e conhecimentos gerais e os italianos se deliciam com programas de auditório com apresentadores simpáticos e divertidos e bailarinas sensuais e provocantes, somente com o interesse de passar o tempo junto com suas tradições e personagens locais. Nós brasileiros estamos entre o real e o humorístico. Alguns programas de perguntas sem muito interesse de informar e shows interativos onde o consumismo toma parte e o participante é a estrela, mas com muita atenção para passar o tempo ainda que sem conteúdo, tomar o tempo livre. Portanto, algumas das atividades possuem características próprias para um determinado grupo, não restringindo ou preconceituando a um ou a outro, mas dirigindo atividades mais dinâmicas para um público mais expansivo e atividades de concentração e menos exigentes de movimentos para um público mais introspectivo. Isto no final não quer dizer que um indivíduo expansivo e sinestésico não deva participar de uma atividade de concentração ou vice-versa. A bordo dos cruzeiros muitas vezes há pessoas que querem participar de toda e qualquer atividade, saindo deste ou daquele ambiente e colocação. A experimentação fará com que o animador das atividades descubra o ponto certo de aplicá-las e o público a que se destina, e muitas vezes se surpreenderá com a aceitação do participante.

ESPAÇO LIMITADO

O fator **espaço limitado** também influencia muito uma atividade. Muitas pessoas, em um mesmo momento, em um mesmo lugar, dificultam bastante a qualquer um com intenção de realizar seu trabalho, mas por outro lado é um bom momento para ser visto atuando. Como temos dentro do navio várias pessoas semelhantes, que estão em um momento especial com sua família, seu parceiro ou até mesmo sozinho, mas descontraídas e no ambiente envolvente que se apresenta a bordo, elas buscarão situações semelhantes para recreação, e neste ponto o navio tem grande vantagem.

Claro que para pessoas diferentes também haverá situações diferentes para recreação, pois sabemos que esta é uma das grandes dificuldades: atrair um grupo heterogêneo de pessoas para uma mesma atividade.

Salões de festas, discoteca, sala de jogos, salões com cadeiras, teatros (palco), área de piscina, academia de ginástica são algumas opções de lugares para se realizar um jogo; além disso, uma boa organização de horários e programação fará com que o espaço utilizado para qualquer atividade seja o apropriado para seu sucesso. Muitos navios apresentam em áreas externas mesas destinadas para tênis-de-mesa e pebolim, o que ajudará bastante os torneios. Com muita sorte poderão encontrar navios com espaço próprio para jogos desportivos, como quadra multidesportiva, minigolf, shuffelboard, etc. Dessa maneira, torneios de tênis, basquete, vôlei e outros tantos que poderão se caracterizar como *adaptados* terão certamente sucesso. (Vôlei de cadeira, tênis de frigideira ou panela, etc.) Ao final, um espaço ainda que limitado, mas com uma boa proposta de atividade e uma boa condução por parte do animador, fará muito sucesso entre os passageiros, sem dúvida.

Não somente em áreas internas ou externas os navios quase sempre apresentam lugares reservados para aqueles amantes do silêncio e do descanso e os espaços reservados para as atividades de animação. Biblioteca, teatro durante o dia, algumas áreas de salões de festa e externas servirão para aqueles que queiram descansar, curtir um bom livro ou simplesmente relaxar longe do barulho.

MATERIAIS

Quanto aos **materiais,** tanto aqueles destinados aos jogos, às variadas apresentações e os técnicos, enfim, tudo aquilo utilizado pelo departamento para as atividades são de propriedade do navio e responsabilidade dos animadores, principalmente o seu manuseio e seu cuidado, para que sirvam para toda uma temporada, que dura quase sempre de 5 a 8 meses. Assim a sua manutenção quando necessário para qualquer pequeno reparo.

Nos navios existe uma variedade muito grande de materiais de jogos e prêmios para os participantes, quase sempre em abundância; porém algumas vezes deve-se racionalizar para não exceder os gastos do departamento de entretenimento. (Isso significa que a cada mês o departamento de entretenimento de um navio apresenta um determinado valor de gastos com esses materiais para os passageiros, o qual não pode exceder tal limite para não sobrecarregar os gastos do departamento e eventuais contenções futuras.)

Tais materiais vão desde o necessário para escritório e papelaria em geral, assim como cartas de baralho de vários tipos e tamanho (para os jogos de mesa e de passagem), bolas de pingue-pongue e pebolim, dados de espuma gigantes que servirão para visualizar melhor os pontos nos jogos de equipes e itinerantes, uma grande variedade de jogos de mesa (damas, xadrez, ludo, etc.), quadros brancos, painéis numerados para jogos culturais e de equipe, bingo eletrônico, karaokê, fantasias de diversos tipos para os *skatchs* e para festas temáticas, shows no teatro, etc., cenografia e decorações para as festas temáticas, painéis de dardo, jogo de anéis, coletes coloridos e fantasias para divisões de equipes, materiais de piscina (boias, toucas, bolas de espuma, baldes) e outros tantos que servirão para realizar, improvisar e auxiliar durante uma atividade e também chamar a atenção e até mesmo disfarçar aqueles um pouco envergonhados.

Materiais Técnicos - Microfones, aparelhos de som, DVD e outros aparatos técnicos também servirão para as atividades de animação a bordo. Talvez o microfone seja o mais importante e mais utilizado de todos – juntamente com a música, criará um ambiente mais dinâmico e envolvente para os jogos. Muitas vezes os jogos noturnos realizados nos salões internos do navio se utilizarão da música das próprias bandas que estão tocando no momento. Dessa maneira é necessário que haja uma interação entre a banda e a equipe de animadores (principalmente quem estará conduzindo a atividade) para os corretos momentos de entrada e pausa e o repertório necessário para tal atividade. Preparar este material, microfone e as músicas, antecipadamente junto com o técnico responsável do som para as atividades é importantíssimo para não haver imprevistos e gerar-se uma imagem negativa de desorganização. Muitos microfones portáteis são altamente eficazes para as atividades mais dinâmicas, aulas de dança e demonstrações. Manter as mãos desocupadas e preparadas para a demonstração e distribuição de materiais, arrumação de equipamentos e pessoal, condução de parceiros pode e será muito mais fácil para um melhor trabalho.

ANIMADOR

O elemento final de todo este processo e talvez de maior importância na influência da animação a bordo de navios de cruzeiro seja o **animador**. Desconsiderando outras denominações dadas a este como monitor, recreador, instrutor, professor, etc., o conhecido internacionalmente como *entertainer* será o responsável, a todo o momento, de realizar as atividades de recreação e lazer a bordo, além de outras tantas funções designadas a ele e necessárias para o desenvolvimento da programação de bordo, complexa, organizada e diferenciada em um completo programa de entretenimento.

Mas neste entretenimento diferente que o passageiro irá encontrar, juntamente com o ambiente de bordo, os serviços impecáveis e o panorama fascinante serão ainda mais ressaltados com um destaque especial às pessoas que irão conduzi-los nas variadas oportunidades de descontração e lazer que poderá desfrutar durante sua viagem. A bordo dos navios o responsável por isso será o **animador sociocultural**, às vezes até o responsável pelo melhor do cruzeiro para alguns, que irá, com responsabilidade, compromisso e obrigação de seu dever, contribuir e seguir com o planejamento do cruzeiro e das atividades que irão acontecer e será o ponto de referência dos passageiros para com o navio no sentido social e, é claro, de divertimento.

ANIMADOR SOCIOCULTURAL

Algumas características importantes do animador de bordo, além daquelas conhecidas como extrovertido, simpático, prático, alegre, acessível, brincalhão e outras, muitas vezes são as mesmas utilizadas para a animação tanto de hotéis, acampamentos, escolas, etc. O animador é definido por Cavallari & Zacharias (1998) como *"aquele que tem contato direto e estrito com o público participante e com as atividades lúdicas desenvolvidas"*, e tem como principais funções: *"auxiliar o planejamento, operacionalizar e coordenar as atividades lúdicas; liderar para que todos participem e explicar o funcionamento das mesmas; propiciar a integração dos grupos; arbitrar quando se fizer necessário; zelar pelo material*; e outras responsabilidades com o seu trabalho". Mas o complexo trabalho a bordo de navios de cruzeiro não para por aí.

Considerado por muitos como o elemento mais importante não somente para o sucesso das atividades de lazer e recreação a bordo, mas também o sucesso de todo o entretenimento em um cruzeiro, o **animador sociocultural** resume as diferenças que existem, até este ponto, entre o militante que

19

atua nos diversos ramos da recreação e lazer espalhados por aí e o profissional da área preparado e qualificado. Diferenças que irão ser levadas em conta para um maior e melhor desenvolvimento de seu trabalho e marca uma evolução requerida para este tipo de profissional nesta área específica.

HISTÓRICO DO ANIMADOR

A expressão animador sociocultural provém não da evolução das funções do animador conhecidas, mas de uma evolução de sua qualificação e atuação de trabalho. Remonta de décadas atrás, na França, onde as constantes evoluções sociais que marcaram este país levaram também à evolução dos profissionais que atuavam diretamente com ele.

Nos anos 20 tinham-se nomeado como animadores aqueles atores dinâmicos e ecléticos, tanto no cinema como no teatro, que revolucionaram a arte dramática apresentando uma maior dimensão cultural e social. Já nos anos 40, em consequência de fenômenos de destruição social e uma aceleração da evolução tecnológica, ocorre uma diminuição destes atores animadores, o que cria um distanciamento entre o cultural e o social, gerando assim uma necessidade popular de encontrar novos caminhos e alternativas de distração. Nesse período a animação aparece como uma responsável específica das novas necessidades provenientes das transformações da vida coletiva, do crescimento das comunicações sociais e das crescentes mudanças se adaptando às novas formas de vida social. Assim o termo animador começa a ser suplantado progressivamente às qualificações que se ajustam às mais diferentes situações de atuação, como: chefe de juventude, educador, instrutor, guia de camaradagem, monitor.

Surge então, a partir das diversas emancipações culturais, sociais e políticas, um campo de atuação que aborda o educativo, porém com aspectos políticos, para as novas necessidades e práticas de uma sociedade em evolução. Os finais dos anos 50 marcam o início do profissionalismo do animador. Com efeito, é a partir deste período e das necessidades socioculturais da época que há uma real necessidade constante de um responsável para atuar nesta área, para trabalhar, projetar, ensinar e aprimorar as funções. O efeito pós-guerra era evidente e o crescimento da população infantil e das necessidades de programas e atividades que pudessem absorver esta população crescente e orientá-la dentro de um sistema organizado e evoluído para a época acaba gerando um maior campo de atuação para as pessoas que trabalham com educação e até mesmo o lazer, que se tornavam uma maneira de reconstruir a identidade moral e social das pessoas da época. Muitos atores informais (teatrais e circenses) se engajavam neste perfil, porém a falta de regularização e o caráter educativo que era evidente para a evolução da época e do local acabaram por distanciar muito os atuantes de palco de seus redutos, que também apresentavam um crescimento e evolução e às vezes eram mais interessantes e de maior exposição.

Seguindo a linha de evolução francesa e as transformações ocorrentes naquele lugar, no final dos anos 60 e início dos anos 70, há o surgimento do animador socioeducativo pela secretaria estadual do esporte e da juventude, que tem como função criar e introduzir atividades que tendam a uma educação global e permanente dos jovens, já que as constantes mudanças e desestabilidades políticas mundiais neste período marcam um crescimento da visão social da população.

Em torno dos anos 80 surge então a denominação de animador sociocultural, que seria aquele que organiza e encabeça as atividades ou o desenvolvimento social respondendo às necessidades de um grupo ou instituição, deixando mais evidente um distanciamento entre a arte da comunicação e de entreter, com o compromisso de uma postura educacional e social.

Nos anos 90 surge largamente a qualificação de animador "sócio, educativo e cultural" para os atuais profissionais, que passam a ter um papel importante no âmbito de trabalhos ligados a grupos de famílias, trabalhadores, escolas, enfim, um compromisso de informar em missões educativas e culturais. Com a ampliação destas atividades e destas necessidades o termo animador sociocultural passa a ser o que melhor define o profissional que atuará neste campo; e assim define Rousseau: *"O caminho da animação consiste na mobilização de conhecimentos gerais e específicos em torno de um projeto de autonomia e sociabilização de um grupo de indivíduos em contato com o seu meio e seu ambiente a partir de uma atividade ou conjunto de atividades que servem de suporte e meio para o projeto propriamente dito".*

A PROFISSÃO DE ANIMAÇÃO

Na busca de regulamentar e regularizar o profissional da animação encontra-se muita resistência, tanto histórica quanto política. Por diversos motivos tais dificuldades acompanham a evolução da atuação e do desenvolvimento dos então amadores para uma real formulação na área.

Por definição de Mignon *"a profissão é o quadro estatutário, legítimo e representativo de salários de uma mesma atividade executada ou de um grupo de atividades. Desta maneira o quadro profissional do animador é um quadro frágil, não por ser relativamente recente, mas por ser incompleto em comparação de outras profissões".*

E ele vai mais longe enfatizando que *"a profissão se apoia em três fundamentos: aquele da referência profissional, a capacidade de falar em nome de um grupo específico e a representação da identidade profissional. Ou estes três fundamentos ou cada um deles estão incompletos no mundo profissional da animação".* E por isso, e talvez por outros motivos mais além, a animação não é vista como uma profissão de propriedades convencionais.

Estas dificuldades também são encontradas por outras atividades que atuam na área não só da educação, mas da formação pessoal e social.

Acompanhando a evolução mundial nos últimos 50 anos, juntamente com as revoluções culturais e sociais, encontramos aqui no Brasil um grande crescimento da necessidade específica de profissionais para atividades que envolvam o desenvolvimento não somente físico, mas também social e educacional de crianças, jovens e adultos, porém há ainda uma grande defasagem entre as leis que regem estas funções e a regulamentação da atuação profissional.

A regulamentação do profissional de Educação Física que atua diretamente na formação e orientação educacional para todos aqueles que estejam executando atividades que requeiram uma atenção especial e dirigida e do profissional qualificado e específico para os diversos segmentos da saúde, da educação e do esporte trouxe, no final dos anos 90, uma nova visão do profissional atuante nesta área. Muitos destes novos profissionais de educação física atuam diretamente com as novas tendências de mercado e nos mais variados segmentos, e, já que a animação convencional tem muito a ver com o envolvimento não somente cultural, mas esportivo e social de seus praticantes, temos a aproximação de uma profissão regulamentada e um campo de atuação a ser explorado.

Mas as problemáticas da profissão, regularizada ou não, acabam sem influenciar a atuação destes "organizadores do lazer" e sua constante busca de um mercado de atuação, sempre crescente e exigente.

Passando por atividades escolares, retiros religiosos, colônias de férias, manifestações políticas, eventos públicos, clubes esportivos, enfim, o recém-"profissional" da animação tem um vasto campo de atuação para exercer suas potencialidades e, de uma maneira voluntariosa, regulamentada, estruturada ou não, crescer com as suas responsabilidades e conhecimentos e acompanhar a evolução das necessidades da sociedade em que vive e atua.

Dessa maneira e dentro dessa evolução podemos colocar o novo "animador sociocultural" como um atuante qualificado e preparado para o novo e crescente mercado de navios de cruzeiro.

Dentro das exigências deste mercado e das grandes diferenças que se apresentam entre escola, hotel, clube, acampamento e outros locais de atuação, o animador sociocultural de navios de cruzeiros apresenta qualidades particulares que o diferenciam, como: conhecedor de línguas, relações públicas, hábil para mediar questões, adequadamente comunicativo, ter dotes artísticos de canto, dança e outras áreas, decorador, modelo e muitas mais que poderão ser exigidas no dia a dia, sem esquecer que ele será o anfitrião de bordo e, portanto, equilibrado, inteligente, culto, bem informado e apresentar uma postura apropriada, condições que o próprio ambiente de bordo apresenta.

Uma grande diferença de atuação e uma enorme variedade de restrições e colocações acabam fazendo com que o caminho do animador sociocultural em navios de cruzeiro seja, não o passo inicial para o encaminhamento de sua carreira profissional, mas o culminante de uma crescente preparação e dedicação em um diferencial de grande destaque no mercado de trabalho, com bons rendimentos, reconhecimento e aprimoramento profissional.

O animador sociocultural, agora no navio, irá desenvolver qualidades específicas que serão de grande importância para seu desenvolvimento pessoal e profissional: o contato com vários profissionais de distintas formações e com um campo de constante evolução e atualização.

Uma outra condição marcante do animador sociocultural de bordo é que ele deverá saber que muitas vezes o próprio navio já é um divertimento para o passageiro e que sua participação nas atividades propostas será mais uma opção e não uma obrigação como muitos pensam e propõem. Deve saber que as atividades não são obrigatórias e sua participação não deve ser imposta e sim aceitada com naturalidade. *A animação de navios é uma maneira de divertir sem ser intrometido.*

No tratamento direto e constante com os passageiros, o animador sociocultural, além dessas qualidades pessoais básicas de educação, cortesia e amabilidade, deverá estar atualizado com o mundo e com fatos que aconteçam fora do ambiente do navio (apesar de este ser o tema preferido de muitos passageiros).

Deve também existir um linguajar apropriado, limpo e adequado ao modo, nacionalidade e idade de seu passageiro. Isso é levado muito em consideração para todos que trabalham a bordo nos diferentes departamentos e funções. Um animador sociocultural que trabalha com adultos, por exemplo, não deverá utilizar gírias nem idiomas locais com um determinado grupo de passageiros de certa idade. Já aquele que executar uma atividade com adolescentes de 14/16 anos deverá falar o seu "idioma", senão os garotos não irão dar a mínima atenção.

25

O DIA A DIA DO ANIMADOR SOCIOCULTURAL A BORDO

"A imagem do navio"

Talvez esta seja a mais resumida e melhor definição do que é a atuação do animador sociocultural a bordo dos navios de cruzeiro. Querendo ou não o navio, como citado anteriormente, é um lugar de certo *glamour*, que muitas vezes gera um fascínio para quem embarca em uma viagem e é a realização de um sonho para muitos, os momentos de descontração e lazer para outros. Desse modo, as aparências são levadas em grande consideração e a ordem, arrumação, conduta e educação são fundamentais para que tudo isso seja alcançado e a realização do cruzeiro para os passageiros completa. E assim como já comentado, o animador sociocultural estará diretamente em contato com os passageiros em diversos momentos, e é por isso que deverá apresentar estas atitudes a todo instante.

Ordem e arrumação são talvez duas qualidades que se exigem muito dos animadores socioculturais de bordo para a execução de seu trabalho e no dia a dia em geral. Há uma grande cobrança na apresentação do uniforme durante toda a jornada, assim como sua aparência no ambiente de trabalho. Existem empresas com diferentes uniformes destinados à equipe de animação. Os uniformes exigidos para o período diurno são quase sempre bermuda e camiseta, meias brancas e tênis branco, com algumas exceções para malhas mais grossas nas áreas internas do navio devido ao ar condicionado. Para as atividades noturnas, ou seja, realizadas após um determinado horário e quase sempre interno (após as 19h), haverá os uniformes noturnos ou formais, porém muitas vezes uma vestimenta mais elegante e apropriada ao ambiente ou até mesmo a fantasia destinada para a programação noturna poderão ser utilizadas. Nas noites de gala, muito comuns em navios de cruzeiro quando se realizam os tradicionais coquetéis com o comandante e os oficiais do navio, os animadores sempre deverão usar vestimenta formal, ou seja, vestido longo de noite para as mulheres e social completo – recomendando também o uso de *smoking* – para os homens. Todos estes uniformes necessários são de responsabilidade dos animadores, desde sua aquisição (realizada nas lojas a bordo do navio) até a sua manutenção e limpeza (realizadas nas lavanderias específicas para os tripulantes). Já as fantasias e demais adereços referentes às noites temáticas são fornecidos em empréstimo pelo navio, porém a manutenção cabe a cada um. Um item muito importante e exigido a todo o momento do animador sociocultural a bordo é o seu crachá de identificação. Conhecido por vários nomes, dependendo das empresas e do costume adquirido por cada um, o "nome de identificação" (ou name tag, targa, tarjeta, chapinha, pin, etc.) apresenta o seu nome e a função que exerce a bordo, e deverá ser portado visivelmente no seu uniforme ou roupa de trabalho e a todo o momento, tanto na área de passageiros como de tripulantes, para sua identificação junto aos hóspedes e aos colegas de ambiente de trabalho. Juntamente com o uniforme em ordem, o visual deverá estar acompanhando esta linha: evitar excessos de maquiagem e adereços, cabelos armados ou descuidados, roupas extravagantes ou provocantes é fundamental para as mulheres; e da mesma maneira barba descuidada e mal feita, cabelos desordenados, brincos e outros adereços pendentes não são bem aceitos para o público masculino.

Mas uma aparência em ordem significa não somente estar com seu uniforme de trabalho completo: ele deverá estar limpo e arrumado, o visual dentro do exigido. Tem a ver também com sua atuação. Realizar uma atividade sem conhecê-la, chegar fora do horário para o seu trabalho, não apresentar-se quando necessário para as várias atividades exigidas no navio, não estar devidamente uniformizado ou sem algum item significa que o então profissional não está atuando de maneira correta e que não está dentro dos padrões exigidos para o trabalho. Sabemos que muito dessa ordem, assim como a correta conduta e a educação, vem da própria formação individual e pessoal de cada um, porém sua prática a bordo é exigida para todos.

Seguindo a programação já determinada pelos responsáveis do departamento, o dia do animador começa cedo e muitas vezes é longo e cansativo, com atividades durante quase todo o tempo, nas áreas externas e internas, e seguindo pela noite quando os passageiros estão quase todos concentrados nas áreas internas do navio. Existe uma variação entre os dias de navegação, os dias em que o navio se encontra ancorado em porto, os dias em que o navio está ancorado em alto-mar e os dias em que há desembarque definitivo e embarque de passageiros. Esta programação já é predefinida e organizada pelos responsáveis; destaco que com um programa bem organizado e dividido e uma equipe consciente e responsável o trabalho acabará por não ser pesado e cansativo para ninguém.

Mas o dia a dia do animador sociocultural a bordo dos navios vai além das atividades de entretenimento, jogos, festas, sociabilização, etc. Realizar suas funções, além de apresentar, entreter, organizar, conduzir atividades, e as outras tantas qualidades necessárias já comentadas anteriormente e que lhe serão úteis, é viver a vida de bordo com suas vantagens e desvantagens, liberdade e limitações e estar inteiramente aprofundado no seu local de trabalho e vida hoteleira deste complexo turístico. Envolve emoção, novas descobertas, experiências únicas e muitos sonhos.

Os animadores de bordo pertencem a um grupo seleto de pessoas que podem circular tranquilamente nas áreas sociais do navio, mesmo quando não estão a trabalho, e nas áreas de tripulação. Este grupo é denominado *staff* de bordo e compreende, juntamente com os animadores, os músicos, artistas, dançarinos e outros que atuam diretamente com os passageiros, porém fora das áreas de cabines, restaurantes e serviços.

As áreas sociais ou públicas do navio são de uso exclusivamente dos passageiros e do pessoal de *staff*. Muitos daqueles que trabalham no navio podem somente desfrutar destas áreas sociais ou públicas quando estão no seu momento de trabalho, o que quer dizer que a grande maioria da tripulação que trabalha no navio está em contato com os passageiros quando estão em trabalho e não mais. Seria dizer que o pessoal que trabalha no restaurante pode desfrutar da área social do restaurante somente quando está em serviço, o pessoal que trabalha nos bares podem circular nestas áreas enquanto estão a trabalho. Fora disso, as áreas para a tripulação são exclusivamente para aqueles que trabalham a bordo e proibidas para os passageiros.

Há também outro grupo de trabalhadores que nunca estão em contato com os passageiros, pois passam toda sua jornada de trabalho nas áreas de tripulantes exercendo as mais variadas funções: lavanderia, cozinha, limpeza interna (áreas não sociais), depósitos, preparação de alimentos, etc. São considerados simplesmente **tripulantes** ou *crew* para efeito de divisão social de bordo, se assim podemos dizer.

Assim como Flores (2002), que indaga sobre os paradigmas do turismo na sua obra, *"provavelmente o seu local de trabalho será numa cidade diversa da que mora"* (neste caso com mudanças diárias em seu quintal, cada dia um porto novo e com vizinhos e habitantes de todo o mundo) e terá um leito de uma cabine na área destinada ao *staff* de bordo; irá decorá-la e organizá-la com suas próprias características e costumes e transformá-la em um local único e pessoal como seu quarto em casa. As fotos das pessoas amadas na parede, os livros e roupas dispostos ao modo seu irão caracterizar o seu *bed-room*. E vale destacar um seu comentário: *"As exigências são muitas e marcantes"* e ressalto que na maioria das vezes buscamos superá-las e nos tornarmos mais adaptados para o futuro.

Como o próprio navio é uma cidade de habitantes de diversos países que vivem e trabalham dentro dele, o contato com outros setores de bordo deve ser de igualdade, sem distinção de nacionalidade, cor ou religião. Os animadores, assim como todos os demais tripulantes, trabalham em conjunto para o bom funcionamento do produto e dos serviços, consequentemente para a satisfação dos passageiros. Isso pode parecer difícil em um primeiro momento, mas é importantíssimo para se seguir adiante com seu dia a dia a bordo.

ANIMADORES E ANIMADORES – ONDE ESTÁ O BRASILEIRO?

O alto crescimento do mercado de navios de cruzeiros nos últimos anos fez aumentar a demanda de pessoal para trabalhar a bordo: nos restaurantes, limpeza em geral, cozinha, recepção, enfim, quase todos os departamentos. Dessa maneira abriu-se uma grande porta para os brasileiros entrarem nesse mercado que, ainda que restrito, é uma boa alternativa para desenvolver as qualidades e conhecimentos e aprender uma nova área de atuação. No mercado mundial existem muitos tipos e diferentes animadores que atuam e se destacam no seu trabalho. Claro que uma formação é importante assim como outros pré-requisitos para um emprego em um local desse porte.

Uma formação específica em uma área na qual se trata diretamente com o público e que tenha sido fundamentada com aplicações diretas servirá muito para a preparação deste ou de qualquer outro profissional. Aqui no Brasil talvez a área mais direta e tradicional para este trabalho seja do licenciado em Educação Física. Sua formação acadêmica o auxiliará a desenvolver e aplicar diversas atividades de caráter lúdico a um público heterogêneo e com diferentes situações e exigências. Ou seja, entreter e recrear a um ou diversos grupos de pessoas de formas e maneiras diferentes, de acordo com a sua característica. Não quero assim dizer que o animador sociocultural a bordo dos navios de cruzeiro seja exclusivamente desta área.

Marcellino (1987) diz em uma de suas obras sobre lazer que "*o vínculo pode ser estabelecido já a partir do conteúdo das vivências no lazer*"; é através disso que o aspecto esportivo nas atividades aproxima mais ainda os profissionais desta área.

Uma grande maioria dos animadores internacionais que conheci – se assim pode ser classificada – apresentam uma formação acadêmica limitada, vinda de colégio de línguas, o que facilitará muito no contato com diversos passageiros de várias nacionalidades, mas que por outro lado não apresenta uma experiência mais ampla de organização e estruturação de planos e projetos de trabalho, como a adquirida na formação acadêmica universitária.

No momento que embarca em um navio para trabalhar como animador sociocultural o profissional deverá ter em conta que será um elemento integrante da tripulação do navio e estará a todo o momento participando da vida de bordo como um trabalhador. Porém, muitos daqueles que embarcam podem imaginar que estarão a bordo para seu próprio lazer e divertimento, e isso acontece muito com os animadores brasileiros que pela primeira vez participam de cruzeiro. Falta ainda um maior senso de profissionalismo, que é exigido para a posição e o profissional que está embarcando acaba por ser um mau exemplo para os demais animadores e para a influência dos passageiros.

Mas há sempre um lado positivo em cada um, e uma das características principais que marcam e diferenciam um animador sociocultural brasileiro de um animador sociocultural estrangeiro, seja ele italiano, argentino, de onde vier, pode-se dizer que seria o *senso de improvisação, a criatividade particular e a facilidade de interação e desenvoltura* para atuar como animador sociocultural.

Em toda atividade, a qualquer hora e qualquer que seja a quantidade de participantes, estar preparado para um possível erro ou alteração do original é quase imprescindível. O decorrer do tempo no trabalho e a experiência adquirida fazem com que o animador busque sempre eliminar os erros frequentes e antecipá-los com prováveis soluções. E é neste ponto que o senso de improvisação está presente. A natureza espontânea e criativa do brasileiro, até mesmo as dificuldades do dia a dia e as várias influências culturais que recebemos, marcam e caracterizam um ponto incomum que proporciona uma formação particular e que facilitará muito nos momentos difíceis e de rápida decisão durante uma atividade de entretenimento.

Porém não se pode generalizar as qualidades apresentadas, pois pode ser este mesmo brasileiro aquele que, devido a sua natureza, pode perder sua característica positiva de improvisar e transformá-la em negativa, para enganar e aproveitar-se da situação, acomodando-se. Algumas vezes pode até mesmo apresentar certo descontrole da situação por não apreciar seu desenvolvimento ou desconhecer a ordem e organização. Esta característica é muito comum e apresentada por uma grande maioria de animadores brasileiros no contato e no trabalho com demais animadores de outras nacionalidades que possuem estas características inerentes.

Além dessas diferenças entre o animador sociocultural brasileiro e o estrangeiro existem outras que também estão diretamente ligadas à preparação do indivíduo não só no aspecto profissional como no aspecto sociocultural do povo brasileiro. Um estudo forte e marcante destas diferenças Flores (2002) fez em sua obra ao tratar da *"concorrência de mão-de-obra estrangeira"* e apresentou as limitações do profissional brasileiro associadas com a desinformação sobre a realidade do mercado hoteleiro e o acadêmico durante sua preparação, aliados ao comodismo que lhe é particular. Ele cita que *"os estrangeiros estão bem mais cientes do ponto de vista profissional e estão compenetrados no trabalho aceitando os desafios de uma maneira mais natural, um ponto positivo para quem quer ingressar na carreira"*.

Destaca ele também a necessidade de um conhecimento específico na área de turismo para aqueles que desejam realizar um trabalho direto com hóspedes e passageiros. Alguns elementos que irão facilitar a quem ingressa nesta atividade, destacando pontos importantes para diferenciar um trabalhador de um profissional analisado por Flores, podem ser colocados aqui para ressaltar também que o animador cultural apresenta tais características: *"postura social, competência acadêmica, profundos conhecimentos das atividades que desempenha, domínio de idiomas e de sistemas computadorizados, responsabilidade com horários e integridade"*, mostrando que *"atualmente buscam-se no mercado indivíduos mais preocupados com aspectos relacionais que com capacidades específicas: busca-se mais a educação global que a especializada"*.

Um outro ponto forte importante e que deve ser levado em consideração para a continuidade de uma atividade caso esta caminhe em uma direção inesperada, mas com consistência, é o de *investir na ideia proposta* deixando que o imprevisto tome conta (caso seja positivo) e tirar proveito da situação para si. Muito desta improvisação no trabalho com qualidade e desenvoltura se deve também à formação desse indivíduo. Uma visão metodológica de uma atividade recreativa e umas aplicações pedagógicas também ajudam a minimizar possíveis erros que possam aparecer. (Já comentados anteriormente.)

Quero salientar que o animador não necessariamente deve ser um laureado em uma determinada área para exercer esta atividade com talento e sucesso. Muitos animadores de talento que conheci nestes anos não apresentam tal formação, porém são capazes de transformar simples atividades em verdadeiros shows para os passageiros. São dançarinos, coreógrafos, humoristas, enfim, verdadeiros artistas.

Por outro lado, aqueles que são artistas de teatro, estudantes da área ou amadores, muitas vezes, não se adaptam ao trabalho. Muitos se consideram "o verdadeiro artista" e se transformam no centro das atenções do jogo sem destacar o participante ou seguir uma programação preestabelecida. Possuem uma maneira particular de atuação, positiva muitas vezes, mas em certo aspecto podem deixar muito a desejar. Claro que isso se deve a uma característica individual de cada um que, em qualquer atividade que se exerça, influenciará seu desempenho.

Posso dizer que o animador é muito mais que um simples artista.

DIVISÕES DA RECREAÇÃO A BORDO

Basicamente as duas ramificações ou áreas de recreação que se realizam em navios de cruzeiro são para **adultos** e **crianças**. (Esta obra se baseará mais intensamente no trabalho para o animador sociocultural de adultos.)

Uma terceira ramificação que é crescente – *teeneagers*/adolescentes de 13 a 18 anos – apresenta quase sempre um, dois ou mais animadores específicos com o objetivo de integrá-los e entretê-los; mas como economicamente tal passageiro não representa muito lucro para as companhias marítimas, pois custa como uma criança e não consome como um adulto, é deixado um pouco de lado.

Vale destacar que para a animação de **adolescentes** a figura do animador sociocultural é de suma importância para, em um primeiro momento, contatar todos, ou uma grande parte, os jovens dispersos pelo navio, e ao mesmo tempo não ser chato incomodando-os e incentivando-os às atividades sem muito interesse para eles. Uma característica deste grupo é o de não gostar de fazer nada e não fazer o que conhece ou está acostumado. A bordo estão longe da comodidade de seus quartos – estão dividindo muitas vezes a mesma cabine com os pais e isso lhes molesta – e do convívio amistoso de conhecidos, mas nada impedirá que eles possam fazer novas amizades, se divertirem com as atividades programadas e influenciarem, em uma próxima vez, os pais para repetirem a experiência do cruzeiro.

Muitas das atividades aqui apresentadas para adultos são muito bem aceitas por adolescentes, mas com uma grande alteração. Os locais onde se realizam tais atividades, principalmente as atividades sociais, deverão ser específicos para eles e um pouco, ou bastante, isolados das demais áreas públicas com concentração de passageiros, para não terem vergonha e nem mesmo exaltação na sua realização e sucesso. Atividades com música são quase sempre muito bem aceitas, assim como atividades de aproximação como jogos de sociabilização (correio elegante, telemensagens, etc.). Muitas atividades que requerem concentração e raciocínio são um pouco negadas por algum grupo, mas com uma boa dose de psicologia e experiência poderá ter um grande sucesso. Cabe dizer que o desempenho do animador neste caso será de suma importância e que sua informalidade muitas vezes ajudará.

Uma outra colocação do animador a bordo dos navios de cruzeiro, tanto para crianças, adolescentes ou adultos, ainda desconhecida do público em geral, é a de **staff de bordo**. A partir do momento, que o animador sociocultural está a bordo para trabalhar estará à disposição da direção de cruzeiros para as atividades que pertencem ao departamento; como eventuais tarefas de última hora; por exemplo, recepcionista de cocktails e reuniões, organizador de filas, recepcionista de passageiros no momento de embarque e desembarque, acompanhante em excursões externas ou internas, relações públicas em festas, e outras atividades além da animação, mas que para a organização de bordo fazem parte das funções do animador de navio de cruzeiros. Lembrando sempre que a formação individual do animador sociocultural irá influenciar positivamente sua completa atuação dentro do navio.

ANIMAÇÃO DE ADULTOS

PROGRAMAÇÃO

Um programa de atividades de animação em navios é bem complexo e abrange não somente o departamento de entretenimento a bordo, mas também outros departamentos que podem estar direta ou indiretamente a elas ligados. Uma programação completa do navio para cada cruzeiro parte da direção de hotel e, em conjunto com todos os responsáveis de todas as áreas de bordo, apresenta sua programação de cruzeiro. O programa de lazer e recreação vem do responsável de entretenimento a bordo, o Diretor de Cruzeiro. Juntamente com seu assistente e os chefes de animação adulta e criança, organizam a programação para o cruzeiro inteiro, seja ele de uma semana ou poucos dias. O programa diário começa logo pela manhã e termina tarde da noite.

É a programação de entretenimento que irá dar vida e ocupar os passageiros durante sua estadia no navio. Claro que muitos querem desfrutar de tranquilidade e descanso, porém muitos cruzeiristas que viajam embarcam para desfrutar das instalações do navio e de sua programação de entretenimento e lazer (um grande número de passageiros brasileiros se enquadram nesse aspecto). Especificamente as atividades de animação longas ou curtas, lógicas ou de raciocínio, esportivas ou sociais e com várias opções têm como objetivo não só o de entreter e divertir quem participa, mas também fazer o mesmo com quem observa, como algumas vezes um espetáculo de artistas amadores de férias.

Divididas *grosso modo* para facilitar tanto a compreensão como a organização, o programa diário pode ser:
- Atividades de **Manhã**
- Atividades de **Tarde**
- Atividades de **Noite**

Entre estas se incluem: atividades **internas** e atividades **externas**.

Não somente se prendendo aos horários as atividades também poderão ser divididas quanto ao seu conteúdo, como por exemplo:
- Demonstração prática;
- Jogos itinerantes ou de passagem;
- Jogos de equipe;
- Torneios esportivos;
- Culturais;
- Jogos de salão ou de mesa;
- Jogos de sociedade;
- Espetáculos de dança;
- Apresentações teatrais;
- Festas temáticas. Etc.

Deve-se também levar em consideração onde o navio se encontra, como por exemplo, em **navegação** ou em **porto**; neste ponto há algumas diferenças referentes à influência do atrativo de determinado porto para os passageiros, assim como o horário de permanência em porto.

Um programa diário de animação a bordo de um navio de cruzeiro tem como atenção as atividades de entretenimento destinadas aos passageiros que sejam coordenadas e dirigidas por uma equipe ou integrantes da mesma, os animadores que são os responsáveis a bordo. Mas não se pode esquecer também, que a bordo, para entreter os passageiros, não estão somente as atividades dirigidas por este grupo. Há também os grupos musicais, cassino, academia, além de outras atividades não dirigidas, mas que apresentam uma grande influência no programa diário dos cruzeiristas.

Um programa completo, de manhã até à noite, deve abranger o maior número de horários em que o passageiro esteja disponível e predisposto a participar de algo, como também opções ao mesmo tempo para uma outra atividade de uma outra característica e que se adapte ao seu gosto e exigência.

Um exemplo de programa diário de atividades de animação a bordo servirá para se ter uma ideia de variedade e de modificações de atividades destinadas a um público heterogêneo a bordo de um navio de cruzeiro.

Programação para um dia inteiro de navegação

Manhã:

8:30 - Caminhada matutina na ponte externa
9:15 - Alongamento e despertar muscular – Academia
10:00 - Livros e jogos à disposição – Biblioteca
10:30 - Vídeo cômico – Salão de Festas
10:30 - Quem é o artista? – Biblioteca
10:30 - Desafio do dia – Piscina
11:30 - Demonstração de cocktails – Salão de Festas
11:00 - Vermelho ou preto – Piscina (Itinerante)
11:30 - Aprenda a dançar o merengue – Piscina
12:00 - Jogo de equipes – Piscina
12:30 - Sintonia Musical – Piscina

Tarde:

15:00 - Vídeo musical – Salão de Festas
15:30 - Art. & Craft - Manualidades – Salão de Festas
16:00 - Livros e jogos à disposição – Biblioteca
16:00 - Jogo de equipes – Área da Piscina
16:00 - Demonstração culinária – Salão de Festas
16:30 - Jogo cultural – Salão de Festas
16:30 - O rei das damas – Biblioteca (Jogo de Mesa)
16:30 - Torneio de pingue-pongue - Piscina
17:00 - Yoga – Salão de Bailes
17:00 - Qual é a música – Área da Piscina
17:00 - Jogo das cores – Salão de Festas
          (Jogo de Equipe)
17:30 - Aprenda a dançar o chá-chá-chá –
          Salão de bailes
18:00 - Alongamento – Piscina
18:30 - Yoga – Piscina

Noite:

20:30 - Bingo – Salão de Festas
21:30 - Show de dança e música – Teatro
22:00 - Jogo musical – Salão de Bailes (Cultural)
23:00 - O chapéu maluco – Salão de Bailes
          (Jogo de Sociedade)
23:30 - Show de dança e música - Teatro
24:30 - Festa latina – Discoteca (Temática)

Lembrando mais uma vez que, além da programação de animação, o passageiro também terá as diversas opções de academia, música na área da piscina e nos salões, cassino, spa, lojas e outras atividades que estarão a sua disposição e irá ocupá-lo durante todo o tempo de seu cruzeiro.

ORGANIZAÇÃO DE ATIVIDADES

Ao iniciar uma programação de atividades para um cruzeiro o responsável da equipe de animadores deve ter em conta, além do **público** a ser atingido pela atividade e o **material humano** a sua disposição, o **material físico** necessário. Muitas vezes as atividades exigem mais do apresentador-animador que materiais para seu sucesso; porém, como é de praxe nos navios de cruzeiro, há premiação ao final dos jogos de souvenirs com logo dos navios, que são muitas vezes objeto de desejo e muitas discussões entre os passageiros. Sendo assim, além dos materiais específicos para a atividade, os prêmios estarão também presentes nas listas de requisições para cada um.

A riqueza e variedade de materiais existentes a bordo nos navios caracterizam muito as atividades e facilitam não só sua compreensão como também estimulam muito os passageiros a participarem e proporcionam uma atmosfera propícia a elas e um sinal de organização da equipe.

As atividades que apresentam uma maior variedade de materiais são as externas, basicamente os jogos na piscina. Por exigir um número limitado de participantes, porém um grande número de espectadores, tais atividades servem não somente para aqueles que participam se divertirem, mas também para aqueles que observam tomar parte do ambiente de diversão.

As atividades noturnas, festas temáticas e jogos sociais também requerem algum material para caracterizar mais a noite ou incrementar o jogo, satisfazendo o público presente que não participa, mas será o espectador do show dos passageiros. (Não se esqueça que para todas as atividades de grande público o microfone e a música serão essenciais.)

Não só o material é importante para uma atividade, mas também os **horários de realização** influenciarão muito no sucesso. Algumas atividades são características de um determinado horário e de uma quantidade de pessoas que executam e participam. Assim uma atividade de demonstração culinária, por exemplo, não exige mais do que um animador com um microfone, o *maître* e seus auxiliares que irão apresentar a execução do prato. Realizar-se-á pela manhã, antes do horário do almoço, como um exemplo de um prato que será servido; ou pela tarde em um "programa de variedades" o qual fará parte também da aula de culinária. À noite seria uma opção? A não ser para aqueles que perderam o jantar e estão esperando qualquer coisa para comer antes do *buffet* de meia-noite (Como se no navio comer pouco fosse algo difícil) acredito que não teria muito sucesso.

Um exemplo de uma organização para uma atividade:

Art and Craft – Pintura em Cerâmica

- **Público alvo**: passageiros de idade avançada, aqueles que não se interessam em tomar banho de sol, aqueles que buscam tranquilidade, aficionados por manualidades, em grande maioria senhoras.
- **Material humano**: um ou dois animadores com habilidades artísticas ou manuais. (Servem também aqueles que não as têm.) Muitas vezes as mulheres são mais atenciosas e cuidadosas, se dando melhor nesta atividade.
- **Material físico**: um salão ou área pública com espaço, mesas e cadeiras, cerâmica rústica para pintura, tintas, pincéis, água, papel-toalha.
- **Horário**: pela tarde, aproximadamente 15h ou 16h, com duração de 45 a 60 minutos.

PESQUISA DE CAMPO – ENTRETENIMENTO A BORDO

TEMPORADA BRASIL 2008/2009

Para saber mais a fundo a opinião dos passageiros a bordo dos navios de temporada na costa brasileira, realizei no ano de 2008, junto a mais de 150 passageiros, no momento de seu desembarque ao final do cruzeiro no terminal marítimo, uma pesquisa direcionada para saber a satisfação e participação nas atividades de entretenimento durante seu cruzeiro. Saber sua opinião, mas não somente isso, também a sua participação, é de grande importância para uma continuidade nas atividades ou até mesmo uma mudança completa na abordagem, atuação e até mesmo na programação. Deve-se levar em conta alguns pontos a serem observados nestes passageiros, como por exemplo, faixa etária, quantidade de cruzeiros já realizados, objetivo da viagem, opção por este navio e outras tantas. Dessa maneira poderá se entender por que um passageiro de primeira viagem se impressiona com toda e qualquer atividade a bordo e um passageiro com vários cruzeiros já não participa das atividades de entretenimento.

Nesta pesquisa utilizei uma variedade de perguntas diretas orientadas para um programa amplo de atividades, o que facilita muito para saber, em um primeiro momento, do perfil do passageiro e de sua opinião. Direcionei-a a um público de faixa etária variada e em momentos diferentes para não haver tendências sobre um cruzeiro infeliz em um momento, mas que pode ser diferente e produtivo em outro. Em outras palavras específicas da animação: há cruzeiros e cruzeiros, depende de diversos fatores que muitas vezes fogem da equipe de trabalho de bordo e que podem prejudicar o seu andamento, dias com chuva, movimento do navio, grupos de adolescentes, etc.

Percebe-se que no primeiro momento as perguntas são de interpretação do pesquisador (empresa, navio e idade), pois são analisadas instantaneamente, logo após algumas de múltipla escolha. A grande maioria já possui um valor determinado para a resposta – o que facilita o seu preenchimento, maior campo para o entrevistado e velocidade na execução e compreensão da mesma – e ao final novamente de múltipla escolha. Deste modo o entrevistado não irá se sentir pressionado e colaborar na sua totalidade.

Empresa de Cruzeiro: Navio:

1 - Cruzeiros realizados:

2 - Viajou com: Família ___ Negócios ___ Casal ___ Sozinho ___ Outro _____

3 - Optou pelo cruzeiro por quê: Gosto ___ Recomendação ___ Preço ___ Novidade ___ Outro _____

4 - Satisfação com o entretenimento a bordo: 1 a 10

5 - Shows no teatro: 1 a 10

6 - Atividades de Animação DIA: 1 a 10; NOITE: 1 a 10
7 - Qualidade da Equipe de Animação: 1 a 10
8 - Atividades de Animação INFANTIL: 1 a 10
9 - Qualidade da Equipe de Animação INFANTIL: 1 a 10
10 - Atividades de DANÇA de SALÃO: 1 a 10
11 - Atividades de FITNESS: 1 a 10
12 - Qualidade dos PROFESSORES: 1 a 10
13 - Participou das atividades? Sempre ___ Várias vezes ___
Poucas vezes ___ Raramente ___ Não ___
14 - Quanto ao entretenimento o cruzeiro foi: Surpresa ___
Esperado ___ Nada de novo ___
15 - Satisfação com o Entretenimento a bordo: 1 a 10

As perguntas de número 4 e 15 se repetem em momentos diferentes com o claro intuito de, no primeiro momento, saber a real opinião do entrevistado sobre sua satisfação com o entretenimento e, após nomear várias atividades que pôde ou não ter feito parte da programação de seu cruzeiro, a opinião esclarecida sobre o entretenimento a bordo.

Para análise das respostas e realização de gráficos utilizei uma média percentual para as respostas de valores numéricos (1 a 3, 4 a 7 e 8 a 10).

Ao final dos gráficos de cada navio foi adicionado um conceito sobre o tipo de ambiente do navio, orientação dos passageiros e sua participação.

Seguem alguns exemplos de gráficos:

A - resultado da média no entretenimento – atividades de animação dia, noite e equipe – de todos os navios que estiveram na temporada 2008/2009 na costa brasileira.
B - atividades e equipe de animação do navio.
C - perfil e opinião dos passageiros.

Gráfico A:

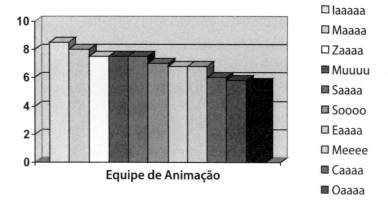

Gráfico B:

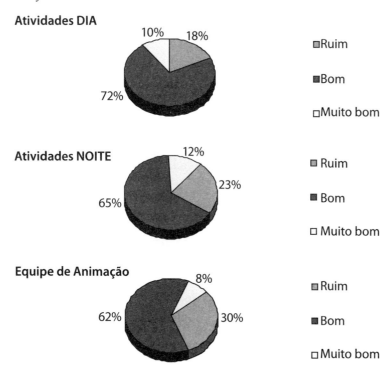

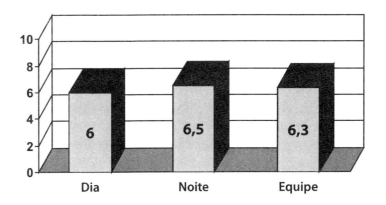

Gráfico C:

Cruzeiro

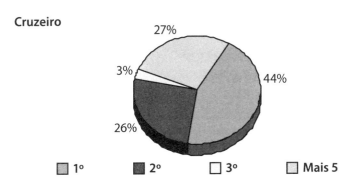

Viagem

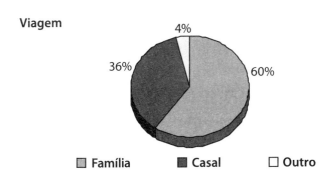

47

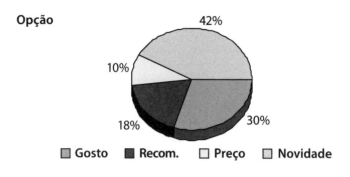

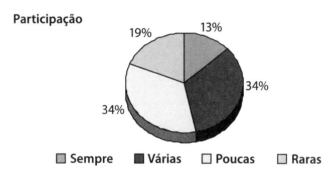

- Navio Familiar
- Passageiros com alguma experiência e orientação e que buscam novidade para suas férias
- Pouco participativos nas atividades de entretenimento, porém exigentes.

ATIVIDADES

DEMONSTRAÇÕES PRÁTICAS

São quase sempre utilizadas como atividade interna por apresentar um maior interesse de pessoas que preferem mais a tranquilidade que os jogos de movimento e emoção. Muitas vezes antecedem jogos culturais por servir de "chamativo" aos passageiros que se aproximam e ao final restam para a sequência das atividades. São sempre executadas pelo pessoal especializado de bordo que se mobiliza, já com um prévio aviso em programação interna, com todo material necessário para tal. O animador será o apresentador da execução, dos ingredientes, detalhes técnicos, e muitas vezes o cômico que criará um ambiente descontraído e informal e até mesmo o que realizará em certas ocasiões. Podem ser:

Culinária – apresentação de pratos típicos internacionais, doces, etc. pelo *maître* D'; *Escultura em Vegetais* – de grande tradição em navios com "artistas-cozinheiros" que irão em poucos minutos realizar esculturas e desenhos com os mais variados tipos de frutas e legumes; *Escultura no Gelo* – sempre apresentada externamente e com os mesmos artistas das esculturas em vegetais. De grande impacto nas festas noturnas (Tropical) e com grande interesse dos passageiros; *Cocktails* – internas ou externas, variando o tipo de *cocktail* em cada uma, e realizadas pelo *bar tender*; *Desfile de Modas* – realizado quase sempre pela equipe de dançarinos de bordo e com o material das lojas sendo expostos durante o desfile. Funciona muito bem em uma atividade interna durante uma tarde de navegação ou como externa na área da piscina para moda praia.

AULAS DE DANÇA DE SALÃO

O crescente número de navios que realizam cruzeiros na costa brasileira e consequentemente o crescente número de passageiros e as suas exigências fizeram que os animadores socioculturais de navios apresentassem uma qualidade ainda maior para uma de suas atividades de maior impacto e participação, as aulas de dança de salão.

Muitos animadores possuem certa facilidade para aprender e executar alguns dos diferentes e atrativos ritmos que se apresentam a bordo nas aulas durante as atividades diárias. Alguns até sabem dançar e praticam há certo tempo. Mas defendo a ideia de que com a crescente exigência dos passageiros (principalmente na temporada brasileira) as aulas de dança de salão devam ser conduzidas por professores capacitados. Tais aulas servirão não só para entreter, pois muitos passageiros que são adeptos da dança irão encontrar um ambiente propício para praticar e outros ainda para aprender. Realizadas tanto nas áreas externas (piscina, cobertas, etc.) como internas (salão de festas, salas de jogos, etc.), as aulas não deverão ser de alto nível nem menos de longa duração (entre 30 minutos a no máximo 60 minutos).

Ainda que muitos passageiros sejam praticantes, há uma grande maioria que está somente a fim de mover-se e descontrair; portanto passos complicados e aulas infinitas acabam por desestimulá-los. O dinamismo, irreverência e descontração são marcantes das aulas de dança de salão, porém não se pode perder a técnica dos passos que é muito importante para a qualidade da atividade; por isso o profissional específico é o mais indicado. Durante todo este tempo que trabalho a bordo de navios eu vi e acompanhei o crescimento da dança de salão a bordo dos navios, principalmente no Brasil, e pude confirmar o desenvolvimento deste profissional específico para estas funções, o que garante certamente um maior sucesso destas atividades e uma maior garantia de satisfação e realização dos participantes.

Alguns ritmos de dança de salão são mais bem aceitos na Europa do que no Brasil, ou vice-versa. Isso se deve, claro, ao fator cultural e costumes regionais de cada país e também à divulgação da mídia local. Por exemplo, uma aula de axé, forró ou gafieira em navios durante a temporada brasileira será certamente um sucesso, algo que não se pode esperar em um navio na temporada na Europa. Por lá uma aula de mazurca, bachata ou chá-chá-chá será muito mais bem aceita.

Alguns dos ritmos que poderão ser praticados nas aulas de dança de salão a bordo são: axé, bachata, chá-chá-chá, forró, gafieira, merengue, salsa, samba, sirtaki (dança grega), soltinho, tango, etc.

Vale lembrar que tais atividades requerem certo espaço para as aulas, microfone para quem estiver conduzindo e música. Por isso é muito importante a combinação entre os professores e os técnicos de bordo para sua realização.

ART & CRAFT

O sugestivo nome se refere às atividades manuais de artesanato que se podem realizar a bordo. São muito comuns nos navios de cruzeiro por não necessitarem de muito espaço – uma área de um salão ou um corredor amplo – e por serem destinadas a um público de mais idade, apesar de muitos jovens também participarem. Os animadores serão os que irão propor a atividade, coordenar os trabalhos estimulando os artistas e controlar os materiais necessários.

Como toda arte manual, requer um pouco de habilidade (fator que será adquirido com o tempo caso não se tenha) e organização para o bom resultado. Como é uma distração para os passageiros não é preciso maiores divulgações entre eles, e a obra final será o prêmio de recompensa pelo esforço. Algumas das atividades de *art & craft* mais comuns são: pintura em cerâmica, pintura em leque de papel, pintura em camiseta, confecção de caixinha de papel, de flores em papel crepom, de bijuterias, mosaicos e a típica dobradura de guardanapos (demonstração de como realizar as obras apresentadas no restaurante). Todo o material da atividade é fornecido pelo navio (tinta, moldes, pincel, etc.).

JOGOS ITINERANTES OU DE PASSAGEM

Assim como o próprio nome diz são aqueles jogos "relâmpagos", em que o animador vai em busca do passageiro. São fáceis, sem características marcantes, dinâmicos ou não, mas que fazem em um curto espaço de tempo com que o passageiro se sinta assistido pelos animadores. Caso o animador não seja aquele que vai atrás e busca o participante, mas este que o procura, tal atividade não deve ser longa, nem com muita dificuldade.

Não requer um grande público e é muito utilizada em dias de porto por uma única pessoa, sem o alarde de chamar a atenção a sim de descontrair. O incentivo de um prêmio ao final facilitará a participação. Não é necessário muito material e sim a desenvoltura daquele que aplica.

- **Vermelho ou Preto:** com cartas de baralho deverá adivinhar a cor da próxima carta e obter cinco vitórias;

- **Alta ou Baixa:** com cartas de baralho deverá adivinhar se a próxima carta é maior ou menor que a atual e obter cinco vitórias;

- **Sorte Grande:** com um dado e com cartas de baralho até 6 deverá repetir o mesmo número do dado nas cartas com três oportunidades;

- **Sorte Dupla:** com dois dados deverá repetir uma dupla de números em três oportunidades;

- **Desafio do Dia:** aqui qualquer atividade em que o passageiro deverá adivinhar (ou chegar o mais próximo possível do resultado) a tarefa que o animador está propondo e posteriormente conferir o resultado. Pode ser desde quantos palitos se encontram fincados em uma maçã, quantas moedas estão dentro do cofre, quantos metros tem um fio de macarrão no prato, e outras atividades do mesmo gênero (Quantos são?);

- **Quem é o artista?:** várias fotos de artistas internacionais realizadas em forma de mosaicos que o passageiro deverá adivinhar quem é.

- **Quantos são?**: em um recipiente transparente deve-se colocar uma determinada quantidade de bolinhas de pingue-pongue ou outro objeto pequeno para se adivinhar quantos são, sem esquecer o animador de saber antes a quantidade. (Uma variante deste jogo pode ser a de utilizar microfone em um momento de descontração na piscina com vários passageiros e realizar como um leilão para ver quem adivinha o real número, podendo ser quantos buracos tem uma raquete de tênis, sementes em um pedaço de melancia, etc.);

- **Habilidades manuais:** com algum quebra-cabeça de habilidade, como aquele de aço no qual se devem separar as partes que estão unidas e você tem vontade de jogar na parede quando não consegue, deverá ter sucesso em um tempo limitado.

JOGOS CULTURAIS

São de grande interesse dos passageiros e apresentam excelente aceitação. Os jogos culturais são de pouca intensidade aos participantes e poderão ser realizados em qualquer horário, porém os realizados pela tarde – principalmente durante a navegação – têm maior sucesso. O local apropriado são os salões de festas, por possuírem microfones, música acessível, local para os passageiros se acomodarem e não ser um problema nos dias de mau tempo. Pela manhã pode ser realizado após uma demonstração culinária ou aula de *art & craft*, pela tarde após uma aula de dança ou como atividade principal vespertina e à noite antes de um turno de jantar ou em meio aos espetáculos como os jogos de sociedade.

Não requerem muito material – basicamente folha de papel preparada específica e caneta – a não ser aqueles que apresentarão painéis e outros adereços que estimularão a participação dos passageiros, e como sempre já se apresentam a bordo e são de responsabilidade da equipe de animação. A apresentação dos vencedores e a premiação final são imprescindíveis. Algumas formas de maior realização e sucesso apresentam divisões em equipes dos participantes (sempre estipulando um número limite de integrantes), temas variados e atuais, porém específicos em cada jogo, clareza e organização por parte dos animadores (a fim de evitar respostas duvidosas que poderão ser discutíveis é aconselhável que se tenha pré-conhecimento das perguntas e dos temas apresentados).

• *Loteria do Artista:* uma fórmula que pode ser utilizada com vários temas. As equipes já divididas receberão uma folha, na qual deverão escrever o nome da equipe; nela nomes de artistas famosos numerados de um lado em coluna e do outro os nomes verdadeiros fora de ordem e sem números. Deverão, em um determinado tempo, relacionar os verdadeiros nomes com os artísticos. O mesmo jogo pode apresentar temas diferentes como: relacionar as obras de arte com seus artistas, países com suas capitais – moedas – pontos turísticos – aeroportos, atletas com seus recordes, etc. Deverá sempre haver a correção final das respostas.

• *Super Trivial:* fórmula famosa de jogos de perguntas e respostas. Exige uma maior preparação e utilização de materiais sendo quase sempre realizada em mais de uma etapa e durante o período da tarde. Muito importante um painel de pontuação e um voluntário para sortear o tema a ser respondido, um dado de cores ou números ou uma roleta (qualquer que seja a forma de extração será muito bem aceita se for divertida e clara). Os temas são variados, por exemplo, geografia, ciência, arte, história, monumentos, culinária, arte, espetáculo, música, mundo animal, variedades, etc. As equipes divididas e nomeadas deverão na sua vez extrair o tema e responder a pergunta em questão. Tem-se maior competitividade quando em cada resposta correta se lançar um dado para saber quantos pontos valeu a resposta. Ao final de determinado número de rodadas tem-se como vencedora a equipe com maior número de pontos. Cria-se maior descontração se cada equipe tiver um adereço diferente que caracterize o nome, chapéus de diferentes cores, tamanhos e laços gigantes na cabeça do líder; isso servirá para especificar cada uma e dar muitas risadas.

• **Musichiere:** denominação italiana para um jogo de músicas realizado com os músicos de bordo. Quase sempre realizado pela noite antes de um jantar ou durante os espetáculos no teatro ou também para as noites em que os passageiros estejam em pouco número. O músico irá soar algumas notas de canções conhecidas e quem souber deverá sentar-se em uma poltrona ou cadeira posicionada no centro do palco no salão e responder. O mesmo sistema poderá ser utilizado para outros jogos e com temas diferentes como o país de origem de determinada música, o instrumento ou ritmo que está sendo tocado, o intérprete da música, a que filme pertence a música, etc. Apresenta pouca dinâmica, muita informalidade, porém grande interesse dos participantes.

• **Big Memory:** mesmo sistema do jogo de memória muito conhecido das crianças, porém com assuntos e elementos de interesse de adultos. Um grande painel específico para o jogo de memória, com as casas que giram – de um lado os números e do outro os nomes – será o centro do jogo. As equipes divididas, sempre um único elemento deverá dizer o número escolhido; deverão adivinhar os pares associados no jogo para conquistarem o ponto. Os temas poderão ser:

casais famosos, artistas e personagens interpretados, atleta e modalidade, cidade e monumento, etc. Vence a equipe que realizar o maior número de pontos ou de pares.

• **Quiz:** assim como o *Trivial*, é uma fórmula de jogo de perguntas e respostas muito conhecido mundialmente. As equipes divididas receberão uma folha já preparada, numerada e com espaços para as respostas. O animador condutor irá efetuar as perguntas, dizendo sempre claramente o seu número e o texto, deixando um pequeno espaço de tempo para as equipes responderem, e assim consecutivamente com todas as perguntas (evitando um número maior que quinze para não ser muito cansativo). Ao final de todas se realiza a correção das perguntas e vence a equipe que obtiver mais respostas corretas. Os temas poderão ser variados assim como o *Super Trivial*.

• **Jogo das Cores:** apresenta como tema principal as cores, sendo um motivo fácil de caracterização dos grupos e assim de maior dinâmica. Em uma primeira parte as perguntas são relacionadas com o tema e ao final se terá uma pontuação por isso. Em uma segunda parte, que se aproxima dos jogos de equipe, de maior intensidade dinâmica, um número determinado de participantes de cada grupo – cinco, por exemplo – deverão realizar uma prova de estafeta em que receberão uma bexiga cada um por vez, que deverão estourar sentando sobre ela, em uma cadeira distante do local da saída e no menor tempo, para efeitos de pontuação. Vencerá a equipe que tiver o maior número de pontos entre as provas. Vale lembrar que as bexigas poderão ser das cores dos grupos para uma melhor caracterização do jogo.

JOGOS DE EQUIPES

Talvez as atividades que mais envolvam a atenção dos participantes e do público presente nas áreas sociais durante o dia sejam os jogos de equipe. Na maioria das vezes realizados na piscina (quando as condições climáticas e físicas permitem), apresentam um descomprometimento com a competição e a desenvoltura dos participantes, mas por outro lado são mais descontraídos fazendo com que a atividade se transforme em um pequeno show de artistas amadores.

Os materiais facilitarão a caracterização dos integrantes das equipes e os jogos, apresentando nomes específicos e temáticos, irão proporcionar um maior interesse de todos. Por exemplo: Anjos x Diabos, Frangos x Cozinheiros, Índios x Cowboys, Executivos x Donas de Casa, Polícia x Ladrão, Pirata e Marinheiro, etc., estando todos os participantes fantasiados com pequenas peças que caracterizem os personagens. O mesmo para os animadores que irão comandar as equipes e os apresentadores todos fantasiados com o tema.

Divididos em melhor de três rodadas diferentes (sendo que o condutor irá sempre realizar os três, pois é ele quem comanda), a maioria dos jogos apresenta algumas características físicas específicas como nadar (ou simplesmente boiar), correr, equilibrar, mas não irá influenciar no seu andamento caso o participante não seja um dominador na área ou um grande atleta. Ao final, a apresentação dos vencedores na área da piscina, com música e prêmio, brindará o sucesso da atividade.

• **Estafetas:** talvez a maneira mais prática para se realizar jogos na área da piscina ou até mesmo dentro dela seja esta. Os participantes colocados em coluna na parte externa deverão ir um por vez do outro lado e retornar deixando a vez para o próximo. Vence a equipe que terminar primeiro o percurso com todos os integrantes. O que estimula e caracteriza mais tais jogos são os materiais que deverão buscar do outro lado ou a maneira como deverão ir. Arco de índio, garfo de diabo, peruca de palhaço ou até mesmo um frango de plástico servirá para dar muitas risadas. Materiais de piscina como boias, flutuadores macarrão e outros também podem ser interessantes. A tradicional camiseta molhada que deverá passar para o próximo companheiro de equipe ou o salva-vidas são clássicos neste tipo de jogo.

• *Caça de objetos:* ao sinal do animador os integrantes das equipes deverão entrar na água e recuperar os objetos que estarão flutuando, colocando-os no interior da roupa de banho. Ganha a equipe que recuperar mais objetos, que poderão ser desde bolinhas de pingue-pongue a miniaturas de frutas e legumes de plástico para ironizar os participantes na hora da contagem final. Poderá ser mais estimulante para crianças, mas apresenta uma boa aceitação com adultos.

• *Pé dilúvio:* os integrantes de cada equipe deverão estar sentados na borda da piscina, uma equipe de frente para outra (recomenda-se realizar este jogo em piscinas retangulares e com uma distância razoável). Uma corda longa e resistente estará estendida sobre a água (controlada por dois animadores) e uma bola de espuma flutuando. Ao sinal do animador os integrantes das equipes deverão, somente com o movimento dos pés na água, tentar mandar a bola para o lado oposto, ou seja, do lado da equipe adversária. Depois de um determinado tempo, o animador abaixará a corda e dará o ponto para a equipe que não estará com a bola. Recomenda-se uma melhor de três ou cinco rodadas no máximo.

• **Barbeiro de Sevilha:** um integrante de cada equipe será o barbeado, ou seja, os animadores irão antecipadamente cobri-lo, o rosto e a cabeça inteira, com espuma de barbear (com óculos de natação para proteção dos olhos), e ficará sentado do lado externo da piscina a uma distância de 20m dos demais. Os integrantes da equipe, dispostos em coluna e fora da piscina, receberão um balde pequeno com água e irão em estafeta lançar a água para retirar a espuma do barbeado, a uma distância aproximada de 5m. Vence a equipe que limpar primeiro o seu barbeado.

• **Chuva na piscina:** os integrantes das equipes serão numerados e colocados ao redor da área da piscina, espalhados entre as cadeiras e os passageiros. Os animadores colocarão na piscina várias bolas de espuma (que absorvam água, mas não afundem). Um membro da equipe estará dentro d'água e irá passar ao número 1 de sua equipe uma bola por vez, e este consecutivamente ao número 2, este ao 3, até o último, que deverá espremer a bola retirando o máximo de água em um balde grande e lançá-la novamente na água. Depois de um determinado tempo o animador dará o sinal para parar e vencerá a equipe que tiver mais água no balde.

• **Corrente humana:** um membro de cada equipe estará fora da piscina e será o pilar de início da corrente humana. Os demais participantes deverão convidar e chamar os demais passageiros a fazerem parte de sua corrente que, depois de um determinado tempo e ao sinal de parar do animador, deverá apresentar mais integrantes que a adversária para conseguir o ponto. Uma das atividades de maior impacto a bordo por envolver um grande número de passageiros e pelo seu resultado visual.

- **Manequim:** tradicional e fácil em áreas de piscina. Um elemento de cada equipe deverá ser o manequim. A equipe, ao sinal de início do animador, deverá vestir o manequim com o maior número de peças de roupa. Ao final se realiza um desfile e a contagem das peças.

- **Jogo da Bandeira:** duas equipes estarão alinhadas (uma ao lado da outra) fora da piscina, e um integrante será o distribuidor de bandeiras ao final da linha. As bandeiras (pequenas de plástico, de cores diferentes, em grande quantidade igual para ambas) passarão do animador para o primeiro, deste para o segundo até o distribuidor, uma por vez. O distribuidor deverá entregar uma bandeira a um diferente passageiro que está na área da piscina. Em algum momento o animador dará ordem para que todos da equipe distribuam as bandeiras. Ao final da distribuição o animador irá pedir a participação do público com o tremular das bandeiras, o que tornará o jogo de grande impacto visual. Vencerá a equipe que, ao final da participação do público e na ordem do animador, recolher primeiro todas as bandeiras de sua cor.

Alguns jogos realizados na área da piscina, mas não necessariamente em duas equipes:

- **Triz:** com equipes de três elementos. Na área externa da piscina serão colocadas 9 cadeiras dispostas como no Jogo da Velha, em três linhas e colunas. Os participantes de duas equipes, pois poderá haver mais de duas, estarão dispostos em coluna alternados e com um colete ou qualquer outro material que caracterize sua equipe pela cor diferente da outra. Ao sinal de início do animador deverão andar ao redor das cadeiras e, quando o animador parar, deverão sentar em uma cadeira tentando fazer linha como no jogo da velha. Não será permitido trocar de cadeira após sentar e faz o ponto a equipe que realiza primeiro. Poderá se fazer em melhor de cinco partidas.

• **Balde Maldito:** os participantes estão em pé ao redor da piscina, um ao lado do outro. Ao iniciar a música deverão passar para a pessoa ao lado o balde que receberá e não deverá deixar cair a água que está dentro. Ao parar a música, aquele que estiver com o balde na mão deverá jogar a água na sua própria cabeça. Pode se utilizar mais de um balde. Termina o jogo quando ficar somente um participante. (Quando houver um número reduzido de participantes eles deverão dar um giro de 360° com o balde antes de passá-lo ao próximo.)

• **Splash/Tchibum:** jogo realizado com várias duplas, cada uma ao lado da outra e cada integrante de frente para o parceiro a uma distância inicial de um metro. Em um primeiro momento os integrantes de um lado receberão uma bexiga com água e, ao sinal do animador, deverão lançar a bexiga para seu parceiro. A cada lançamento aumentará a distância entre os participantes. Será eliminada a dupla que deixar estourar a bexiga e considerada vencedora a que chegar única até o final.

TORNEIOS ESPORTIVOS

Com certeza um navio não é o melhor lugar que se possa esperar para realizar um torneio esportivo de alto nível de exibição e competitividade. As próprias condições que apresenta não permitem que aqueles passageiros, atletas de fim de semana ou não, possam colocar em prática seus dotes atléticos. Por este e outros motivos a maioria dos torneios será de jogos de mesa e outros de igual intensidade, já que não se busca a performance atlética; porém, em alguns navios se poderá realizar torneios aquáticos como polo, biribol, basquete na água, e em navios com quadras esportivas os tradicionais esportes de quadra, além de esportes adaptados como tênis com panela (em vez de raquetes se utilizam frigideiras), futebol de casais de mãos dadas, e outros.

Os torneios deverão, ainda que não busquem o desempenho, ser sérios em sua organização, com inscrições dos participantes e regras predeterminadas, caso se altere o estilo do jogo. Os materiais serão preparados com antecedência assim como a premiação dos vencedores. Os mais comuns são: pebolim –totó, pingue-pongue, pingue-pongue de duplas, pingue-pongue relógio (um número máximo de dez participantes por vez estarão em coluna e deverão responder a bola e seguir do outro lado da mesa para esperar sua vez e responder. Com três erros serão eliminados e segue-se o jogo até restar quatro, quando se realiza uma semifinal normal) e os mais típicos de navios como por exemplo:

- **dardos:** um painel de dardos e os próprios dardos são os materiais importantes para o jogo, além da segurança na área. Os participantes terão três chances com três dardos e vence o que realizar mais pontos ou de eliminação direta em confronto de dois participantes.

- **anéis:** uma armação de pinos com anéis com pontos diferentes em cada um, que podem ser de plástico ou sisal. O sistema poderá ser o mesmo dos dardos.

• *shuffelboard:* talvez o mais clássico de jogos em navios. Utiliza-se um bastão longo de um metro e meio e com a extremidade em forma de Y que servirá para lançar os discos de jogo na área delimitada com os pontos. Tal área estará distante 15 metros dos jogadores e a pontuação estará escrita em um grande retângulo com diferentes espaços e pontos. Os jogadores lançam os pequenos discos com o bastão tentando fazer com que permaneçam nos espaços internos do retângulo de pontos, realizando assim os pontos determinados. É uma espécie de boliche em que o disco é a bola e o espaço delimitado de pontos o único pino que será derrubado. Os jogadores terão três chances e o somatório dos pontos ao final.

Alguns torneios podem não ser especificamente esportivos, mas envolvem atividades onde os participantes estarão concorrendo entre si para a vitória e com atividades dinâmicas e divertidas, como:

• *campeonato de caretas:* muito divertido e de fácil execução. O animador irá chamar as pessoas, de preferência homens, para participarem da brincadeira. Colocando cada dois ou três, no máximo quatro, enfileirados lado a lado, coloca-se um elástico longo (aqueles de escritório) na cabeça de cada participante, na altura do buço. Cada um terá que, sem utilizar as mãos e com movimentos da face, fazer com que o elástico chegue até o pescoço. Muito divertido para quem está vendo e entre os participantes.

• *campeonato de barrigadas:* um clássico em navios. O animador apresentador convida aqueles que querem participar do campeonato na piscina. Cada um por vez é apresentado e realiza um mergulho de barriga na piscina. Com o objetivo não só de espalhar mais água, mas de ser o mais divertido, barulhento e engraçado eles recebem a votação do público. Realiza-se uma final entre os três melhores premiando cada um ao final.

FESTAS TEMÁTICAS

Muito comuns e tradicionais as festas temáticas são o ponto forte da animação nas noites de bordo. A caracterização, desde os músicos nos salões, o show no teatro, ao jantar no restaurante, os animadores fazem com que os passageiros se sintam ambientados no tema e estimulados a participarem da festa. As músicas e a decoração apropriada ajudam muito no sucesso da festa, que é de responsabilidade dos animadores na preparação e pós-festa, ou seja, montá-la e desmontá-la.

Alguns exemplos de temas, materiais e atividades temáticas:

- **Brasileira (carnaval):** samba e bailes de grupo – Axé, Spot de dançarinos, fantasia de crepom ou temas livres, concurso de fantasias.

- **Mexicana (Latina):** rumba, Salsa, Jogo do Chapéu Maluco-Sombrero Loco, Ponchos e Sombreros de fantasias, coquetéis com tequila e bufê com tapas.

- **Romana:** toga de lençóis como fantasias, show de talentos para os passageiros com a Arena dos Leões, bufê Rústico.

- **Italiana:** spot de dançarinos, feira de jogos para os passageiros com distribuição de prêmios, bufê Italiano.

- **Anos 60:** rock and roll, Spot com dançarinos, show no teatro, figurino típico como fantasias.

- **Tropical:** externa na área da piscina (podendo ser também como Pirata), Merengue, Salsa, bailes de grupo, figurino típico, Limbo, escultura no gelo, colar havaiano para os passageiros.

- **Cinema:** show no teatro, personagens caracterizados como fantasias, Jogo dos artistas (como o Jogo do Navio alterando por artistas), Jogo do casal com nomes de artistas.

- **Halloween:** pintura no rosto dos passageiros como caracterização, Jogo do casal infernal, Noite Rave na Disco, animadores caracterizados como fantasmas, bruxas, etc.

- **Árabe:** jogo do Mr. Aladin e Mrs. Sherazade, Mercado árabe, bufê típico, animadores caracterizados, distribuição de véus típicos e chapéus.

- **Hippie:** noite Woodstock, pintura no rosto dos passageiros, show no teatro, Noite Aquarius.

- **Na Selva:** jogo dos números (Tribos), grito de Tarzan ao final, Spot dos animadores caracterizados como gorila, caçador, Tarzan, Jane, Zebra, etc., coquetéis com nomes apropriados.

- **Circo:** show no teatro com mágicos, animadores fantasiados em spots, feira de jogos em estações para os passageiros, pintura em rosto dos passageiros para caracterizar, distribuição de chapéus típicos.

O figurino e a decoração são de grande importância e atenção. Os animadores serão os elementos principais da noite e deverão estar fantasiados com o tema e entrar no espírito da noite levando junto os passageiros.

As festas são realizadas quase sempre em todos os salões e o ponto final será a discoteca fechando a noite.

JOGOS DE SOCIEDADE

Talvez seja o principal ponto de diferenciação das atividades de recreação em navios e recreação em hotéis ou outros lugares. Muitos podem dizer que determinados jogos realizados a bordo podem ser muito bem realizados em outros lugares. Até certo ponto sim, mas o grande público presente (não me refiro a multidões), o ambiente informal e descontraído juntamente com o ambiente familiar, o acompanhamento musical de uma banda acostumada a estas atividades, o salão de festas decorado e ambientado e os participantes dispostos a se divertir e fazer divertir somente se encontrarão a bordo de um navio de cruzeiro.

Os jogos de sociedade são sempre realizados à noite, durante um espetáculo e outro, antes de um turno do jantar ou mesmo como atividade principal, e possuem como características principais: o acompanhamento musical da banda, a condução impecável do animador apresentador, o grande envolvimento do público presente, atividades de interesse coletivo sem fins performáticos (por exemplo, os passageiros deverão dançar – sem se preocupar em serem bailarinos – e ao parar a música deverão fazer pares em casais) e no final uma apresentação dos vencedores com entrega de prêmios.

Muitos dos jogos apresentam um segundo logo depois, que podem ser qualificados como espetáculo final dos participantes, são na maior parte de menos intensidade que o principal, mas de grande atração ao público por serem muito descontraídos e divertidos.

• ***Jogo dos casais:*** apresenta a maneira mais simples e eficiente de convidar e eliminar os participantes em um jogo social. Todos os passageiros que participam no jogo deverão fazer dois círculos distintos, um de homens outro de mulheres, sendo que um por dentro e outro por fora, porém de costas para o primeiro. Ao começar a música deverão girar para o mesmo lado e ao parar deverão formar casais. Quem ficar sem casal será eliminado. Nas demais eliminatórias os animadores participarão para auxiliar os participantes ou alguns são retirados para dar sequência às eliminações retornado posteriormente até restarem quatro ou cinco casais que serão os vencedores do jogo.

• ***Sombrero loco:*** um jogo muito divertido que provoca muitas risadas entre os participantes e o público presente. Após realizar a primeira fase do Jogo dos Casais os participantes deverão estar um de frente para o outro em duplas. Os senhores com as mãos para trás e chapéus serão colocados nas cabeças de alguns participantes. Quando começar a música, a dama, caso o chapéu esteja na cabeça de seu parceiro, deverá tirá-lo e colocar na cabeça do senhor que estará à direita de seu parceiro. Quando a música parar o senhor que estiver com o chapéu na cabeça ou a senhora que estiver com o chapéu na mão serão eliminados (sempre se elimina o casal). Conforme o número de casais for reduzindo, se reduz também o número de chapéus, até restarem um chapéu e cinco casais que serão os vencedores. Há uma variante sem ser em casais: um grande círculo com todos os participantes e vários chapéus distribuídos. Ao começar a música deverá ser passado o chapéu para a direita e, no momento que receber o chapéu, dar um giro de 360 graus e depois passar. Quando parar a música quem estiver com o chapéu será eliminado.

- **Bexiga maluca:** tão divertida quanto o jogo do Sombrero Loco, apresenta o mesmo processo inicial de seleção dos participantes; porém, após formarem casais a senhora ficará à direita do cavalheiro. Neste momento algumas bexigas longas (aquelas que se utilizam para realizar esculturas) serão introduzidas no jogo. Quando iniciar a música os participantes deverão, com a bexiga entre as pernas, passá-la ao participante da direita sem utilizar as mãos. Quando a música parar, quem estiver com a bexiga entre as pernas será eliminado juntamente com seu parceiro. Conforme o número de casais for reduzindo, se reduz também o número de bexigas, até restarem uma bexiga e cinco casais, que serão os vencedores. Podem-se utilizar flutuadores de piscina estilo macarrão, cortados pela metade, ao invés das bexigas. São mais rígidos e de fácil manuseio.

- **Gin, uísque e soda:** utiliza-se o mesmo processo de seleção inicial que os demais jogos. Definidos os casais, deverão seguir o comando do animador apresentador para a sequência do jogo. Com a palavra de comando uísque os casais deverão simplesmente dançar. Com a palavra de comando Gin deverão trocar de parceiro. Neste momento o jogo apresenta uma maior dinâmica entre os participantes. Após uma pequena série de sequências um novo comando se dará, Soda, e os participantes deverão permanecer parados como estátuas. Neste momento a banda para de tocar e as pessoas que não estão em casais são eliminadas. Após uma série de eliminações e houver sete ou oito casais se dará um novo comando, Champanhe, e os senhores deverão tomar as senhoras nos braços. Muito divertido se após o comando final for dado na sequência o comando Soda e eles permanecerem parados. Vencerão os cinco últimos casais que restarem.

- **Du Du – Da Da:** todos os passageiros são convidados e deverão dançar conforme a música. O animador apresenta as palavras de comando: Du se refere a um homem e Da se refere a uma mulher. Quando parar a música o animador apresentador irá dizer uma sequência de palavras, por exemplo, Da-Du-Da. Os participantes deverão fazer grupos de duas mulheres e um homem. Os que não apresentarem esta formação serão eliminados. Após uma série de eliminações, e com o controle dos animadores, vencerão os cinco ou quatro casais finalistas.

- **Jogo do navio:** todos os passageiros são convidados e deverão dançar conforme a música. Os animadores que não estão apresentando estarão espalhados pela pista e carregando reproduções de navios famosos (ou até mesmo vestidos de artistas famosos, animais, personagens, etc.). Ao comando do animador apresentador os passageiros deverão escolher um animador e posicionar-se próximo a ele, fazendo parte de seu grupo. O apresentador irá então sortear um grupo e todos seus integrantes serão eliminados do jogo. Continua-se até a permanência de cinco participantes que serão os premiados como vencedores. (Após algumas eliminações ocorre uma redução do número de grupos para facilitar a execução do jogo.)

JOGOS DE REPRESENTAÇÃO

Também realizados na noite, preferencialmente após os espetáculos no teatro e no salão principal. Com uma pequena diferença dos jogos de sociedade (talvez por serem unicamente para um grupo de passageiros, homens, mulheres, casais, e por serem interativos e com uma caracterização e representação dos participantes), porém envolventes e dinâmicos para o público presente. Devido à necessidade de serem realizados com um pequeno número de participantes deve o animador apresentador, juntamente com a equipe, ter sensibilidade de escolher os passageiros com mais afinidade e disposição de serem expostos a situações engraçadas para o público presente. Conduzir o jogo e os participantes da melhor maneira possível para que todos desfrutem dos momentos divertidos que acontecerão com certeza é o que se espera dos animadores.

Há também caracterização dos participantes, assim como dos animadores, desenvolvendo-se em três etapas para maior destaque e duração do jogo. Sempre há uma demonstração dos jogos por parte de animadores, premiação para todos os finalistas e destaque para os vencedores. Muitas vezes é o ponto alto da noite a bordo e alguns passageiros esperam com ansiedade por estes jogos.

• **Mister do navio:** todos os homens são convidados para o centro da pista onde o melhor será escolhido. Com uma música inicial bem movimentada todos deverão dançar e seguir o animador que conduzirá a todos. Durante esta música os demais animadores irão separar quatro participantes que sejam mais característicos e engraçados para a sequência da brincadeira. Após a primeira escolha os quatro finalistas darão sequência à brincadeira com o **Jogo do Pêndulo**.

Cada um receberá um cinturão com um pêndulo (um fio pendurado) atrás e uma bola de bilhar ou algo parecido na ponta. Com movimentos de cintura deverão empurrar uma caixinha de madeira ou papel resistente colocada no chão e levá-la até uma área determinada. Finda esta etapa segue-se o *Jogo da Força.*

Um participante por vez deverá realizar três posições de força previamente demonstradas por um animador caracterizado. As posições deverão ser engraçadas e de fácil execução. Para finalizar o jogo realiza-se o *Desfile das Dançarinas.* Cada participante, previamente caracterizado e vestido, deve executar uma dança de acordo com a sua personagem: uma dançarina oriental, uma clássica, uma francesa, etc. Elege-se o melhor com os aplausos do público presente e premiam-se todos os finalistas.

• *Casal ideal:* quatro casais previamente selecionados são chamados para participarem da eleição do casal ideal do navio. São três provas:

Passando a bola:

O homem deve permanecer em pé sobre uma cadeira e a mulher deverá passar uma pequena bolinha de espuma entre uma perna da calça do homem até a outra perna. Elimina-se o último casal a terminar.

Estourando a bola:

Cada casal deverá estourar três bexigas, previamente infladas, de maneiras diferentes. A – barriga com barriga, B – homem sentado e mulher senta-se sobre ele, C – mulher sentada e homem senta-se sobre ela. Elimina-se o último casal a terminar.

Desaparecendo com a bola:

Cada casal deverá, com um inflador de bexigas específico para pés e com uma bexiga palito já colocada, estourar a bexiga: o homem sentado e a mulher sobre suas pernas tendo o inflador entre eles. Muito divertido para o público e os participantes. Premia-se cada casal no momento que é eliminado e o casal vencedor ao final.

• ***Miss do navio:*** realizado na mesma maneira do Mister. Na primeira parte todas as mulheres são convidadas a participar e são selecionadas após uma dança inicial. Utilizam-se os mesmos critérios do jogo do Mister. Como primeira parte realiza-se o ***Jogo dos Números***. Cada uma deverá contar de um até dez de uma maneira sexy. Como segundo jogo as ***Três Sensações***. Cada uma deverá representar três sensações diferentes, o riso, a dor e o choro. Ao final o ***Jogo do Beijo***. Todas receberão um baton de cor diferente e terão um tempo determinado para dar um beijo no maior número de homens presentes no salão. Vence aquela que receber maior aplauso do público e que deixou sua marca no maior número de homens.

CONCLUSÕES

São vários anos de experiência a bordo de diferentes navios e empresas, aulas e conferências em faculdades e escolas, trabalhos com grupos especiais e tantas outras coisas que me ajudaram e ajudam muito na minha formação e preparação para este trabalho. Muitos foram os que me influenciaram em todos estes anos a ter uma visão do que realmente é a animação a bordo de navios de cruzeiro; mas ainda falta muito. Cada um a sua maneira, com seu jeito especial e cativante, com dedicação, força de vontade, trabalho de equipe, humildade e amor pelo que faz, pode, com certeza, ter muito sucesso.

Foram muitas risadas, muitos fiascos, reuniões explicativas, tentativas e erros (e acertos também), gafes de vários tipos, horas de espera e tudo mais que se pode passar em um trabalho de equipe, porém de uma equipe que tem como objetivo entreter e fazer com que as pessoas se divirtam e passem bem seus momentos de lazer durante as férias a bordo, **brincando em alto-mar**.

Um abraço carinhoso no coração de todos aqueles que estiveram comigo nas várias caminhadas a bordo destes diversos navios por este Mundo, e um respeito especial ao trabalho e dedicação de cada um.

O meu grande agradecimento à Sabrina Altieri, Sabrina Colucci, Simone Mele, Nicola de Santis, Naim Ayub, Osvaldo Villegas, Stefano Surace, Camila Turriani, Kiko Verdecchia, Elaine Estevan, Theo e Monica, Tiago Ribeiro, Rodrigo "Custelinha".

Cada um melhor que o outro, meu muito obrigado.

E meu agradecimento maior a minha mãe, *Lucia Rico de Moraes*, que sem a sua força, dedicação e amor simplesmente *nada teria acontecido.*

O AUTOR

José Carlos Ferreira de Moraes, 37 anos
Natural de Ribeirão Pires, S.P.
Formado em Educação Física pela FEFISA em 1995.
Trabalha desde 1995 em navios de cruzeiros na área de entretenimento e lazer.
Conheceu mais de 40 países durante estes anos de trabalho.
Poliglota e esportista amador nas horas vagas.
Além de trabalhar a bordo de navios, ministra cursos e palestras sobre cruzeiros marítimos e o trabalho em alto-mar em diversas faculdades, universidades e congressos.

BIBLIOGRAFIA

ANTUNES, C. *Manual de Técnicas.* Vozes, São Paulo. 13ª Edição.

BEJARANO, I. *Ocho dias com el Principito.* CCS, Madrid. 2002.

CATUNDA, R. *Recriando a Recreação.* Sprint, Rio de Janeiro. 2001.

CAVALLARI, V. & ZACHARIAS, V. *Trabalhando com Recreação.* Ícone, São Paulo. 3ª Edição. 1998.

DAOLIO, Jocimar. *Da cultura do Corpo.* Papirus, Campinas S.P.

FLORES, P. *Treinamento em Qualidade.* Roca, São Paulo. 2002.

FREIRE, J. B. *Educação e Corpo Inteiro.* Scipione, São Paulo. 3ª edição. 1997.

GILLET, J-C. *Animation et animatours,* Paris, L'Harmattan, 1998.

MARCELLINO, N. *Lazer e Humanização.* Papirus, Campinas. 1995.

MARCELLINO, N. *Lazer e Educação.* Papírus, Campinas. 1987.

MEDINA, João Paulo S. *O Brasileiro e seu corpo.* Papirus. Campinas S.P. 3ª Edição.

MIGNON, J. M. *Le Métier d´animateur.* Syrus, Paris. 1999.

POUJOL, G. *Guide de l'animatour socioculturel,* Paris, Dunod. 1996.